垃圾堆

Frank 林

人物表

主角

一、蕭文茲：第一男主角。
二、雷姍姍：第一女主角。蕭文茲舊日短暫的女朋友。
三、蕭華珠：第二女主角。雷姍姍的室友，後來成為蕭文茲的女朋友。
四、陶震：第二男主角。蕭文茲最親密的朋友，終日沉迷麻將。
五、耿季豪（老耿）：第三男主角。陶震的室友。後來成為雷姍姍的男朋友。

配角

六、楊天行（小楊）：男配角。陶震、耿季豪的室友。

七、趙飛（趙胖）：男配角。幾次全校同學大舞會的發起人。

八、姚京（妖精）：男配角。在舞會門口幫忙收票。

九、王楓：女配角。常幫陶震找女孩子來舞會。

十、毛大偉（大毛）：男配角。雷姍姍的前男朋友。

背景人物

十一、金太太：陶震、耿季豪和楊天行的房東太太。好打麻將。

十二、僑生：雷姍姍的另一前男朋友。

十三、冬瓜：學校的男教官。

○

蕭文茲的童年充滿了歡笑。每年的元宵節他的燈籠都是整條街最大的。雖然不像姑媽家的孩子都坐私家車上學，他每天也有自用三輪車接送。每次遊藝會他都穿著最好看的衣服到亮晃晃的台上彈鋼琴，音樂老師也最疼他。

從小母親總是拿一大堆的堂哥表姊來鼓勵蕭文茲。他聽到的總是哪一個堂哥有多用功，從來就都不曾考過第二名，沒有一學期不領獎學金的；或是哪一個親戚家的教育有多成功，孩子清一色地全是台大醫學院；親戚的聚會中，談的也不外是哪一個表姊有多好命，嫁了個多會賺錢的丈夫；再不然就是哪一位姨媽才真是福氣，家裡又多了一個美國博士，什麼時候就要回國娶某顯赫人家的千金小姐。蕭文茲和哥哥姊姊們也都很爭氣，從來都不輸給別人。

姊姊保送台大醫學院那年，他也順利地直升高中。姊姊的頭髮燙了起來，遲來的鬍子緩緩地鑽出他白嫩的上頷，那年，他變了。他忽然發現同學談論時事，自己一點都插不上嘴；聊起女孩子，也祇能在一旁傾聽；中午時間打橋牌，他還是只有乾瞪眼的份；籃球場上他祇能眼睜睜地看著別人搶球，難堪地傻站在籃下被推來推去連球都摸不著邊。一次班上賽籃球，他坐到籃架上觀戰，一個大個子發球時，蕭文茲在他頭上踩了一腳，笑嘻嘻地看著他轉過頭來。沒想到大個子無比不屑地一瞪：

「你怎麼這麼討厭！」

蕭文茲笑不出來了。他不再上球場，他開始打起彈子，別人不敢打，我敢。第一次的記過祇帶來短暫的恐懼，卻奇異地給了他莫名的自豪。他，不再稀罕做乖學生了。

一天中午他在禮堂玩鋼琴，忽然來了一個胖學生，拿著琴譜趕蒼蠅似地揮趕著他。他跟母親說想再學鋼琴，母親說音樂是祇能當興趣，高一是最重要的一年，要學等考上大學再學也不遲。有一次一個同學帶一把吉他來學校，蕭文茲頓時被那狂熱的節奏震懾了，於是他開始了那瘋狂的摸索，雖然母親幾度沒收琴，卻阻遏不了他腦中奔騰的旋律，留級後他已經是新班上的第一高手，然而他付出了慘痛的代價。上課時間他祇能低著頭在紙上亂畫，不敢看老師一眼，沒繳作業被數學老師叫起來破口大罵的每次都有他，考試硬著頭皮趴在桌上裝睡的也祇他一個，母親的眼淚再也起不了作用，再次地拿哥哥姊姊跟自己比時，也祇能再度激爆他的狂怒。

在親戚的暗笑中他聯考落榜了，母親要他去上補習班。

「什麼，不見得就一定要讀大學？那你將來想靠什麼吃飯？」

蕭文茲組起了合唱團。

「媽媽就想不通你為什麼不能和別人一樣，腳踏實地安安份份地讀書？

「什麼，扼殺你個性的發展？」

◆

時光匆匆飛逝。在那龍蛇混雜的地下舞廳裡，在警局索回樂器的交涉中，在和那些強索保護費的弟兄們虛委的酒席上，在那冷冷清清的小飯店和那些落魄歌女同病相憐的交談裡……

那年他考上了華專，大專聯考的最末一名。

一

仲冬的晚風吹亮了一顆顆銀白的街燈，漸漸被黑暗籠罩的西門町重又綻放了一朵朵花花綠綠的燈火，蕭文茲頭倚著窗坐在計程車後座，身旁是一提袋的唱片和一個手提唱機。今晚又是他們一夥合辦的全校大舞會，蕭文茲還是幫忙準備唱片。

◆

打進華專已經是第二年了，三個學期幾乎可說都是和陶震在牌桌上一路混過來的。陶震來自台中，早在成功嶺時，星期天放假蕭文茲就常跟他們那一夥台中朋友打麻將。來到華明村，雖然不同班，他們卻都是形影不離，麻將以外就是一堆大大小小的舞會。一向的舞會，陶震都是拜託王楓幫忙找女孩子。

王楓來自宜蘭，是學校裡的風頭人物。蕭文茲忙打牌，祇聽說她是什麼社團負責人，也是校際演講還是辯論比賽冠軍的。

王楓常說陶震迷糊得可愛。

有一次他們上夜總會，陶震祇會跳三步和四步，王楓硬要拉他跳接力拔，他推卻不了，摸著他那高高的額頭任她拉著下池，想不到沒轉上兩圈，他竟然在舞池正中央猛猛地摔了個四腳朝天，連台上的女歌星都垂下了麥克風，白手套掩著口朝著他顫顫地笑不成聲。有一次他上午才剛學會了騎蕭文茲的新摩托車，下午就載著王楓開飛快車兜風，在前站的轉角遇到了放學的小學生行列，一急也不知道要煞車，就朝著行列裡撞去，一下子撞翻了三個，把個大呼小叫的王楓丟在現場，就自個兒開車掉頭溜掉。每次打牌贏錢，王楓總是抓著他，嗲聲嗲氣地嚷著要吃這吃那的，他總是樂不可支笑吟吟地大請客。有一次舞會，陶震要王楓約來了十個女孩子，自個兒押著三輛計程車浩浩蕩蕩地趕去會場，一路上他都是有說有笑的，不料一下了車，他竟然摸著他那油光飽滿的天庭把王楓叫到一旁問她借一百付車錢。

◆

計程車停在一家俱樂部前，蕭文茲沿著樓梯上到三樓，這是一間大廳，上了亮腊的木磚地板映著柔和的彩色燈光，低矮的舞台上擺著套鼓，電吉他和幾個音箱，面對舞台擺著一環馬蹄形的沙發座，座位上還稀稀落落的。

「文茲，」一個大塊頭從一組座位上站起，左手握著一疊票，老遠就伸出右手來，躬著身一蹦蹦地快步走向蕭文茲和他握著，咧著一張大嘴巴笑著說：「噫，你怎麼到現在才來？」說著睜眼左邊望望右邊望望急聲說：「咦，陶震呢？陶震呢？」忽地壓低了聲音又說：「我操，老土今天罩了十二管西門町的騷馬子，不是露胸的就是露背的，爽啊，不信你自己看。」說著斜了一下眼，翹起下巴神祕兮兮地比了一下方才他站起的那組座位。

蕭文茲漫瞥了一眼那群女孩子，拍著他寬厚的肩膀笑說：「行，行，姚京真行。」

◆

也是在成功嶺時蕭文茲就認識姚京，和陶震躲到廁所後面抽煙時常被他要煙，還聊過麻將的。然而開學不久，蕭文茲卻發現他總是在桌旁默默地觀戰，三缺一時總是面有難色支支吾吾地推辭。有一次陶震提著牌滿街找不到搭子，連哄帶騙地硬架他上桌，他才很勉強地答應打五分的，還講好祇能打四圈。那天湊巧三家手風都奇旺，劈哩啪啦地全是辣子青一色，兩圈不到姚京就連喊著肚子痛，三圈沒完他說再也支持不下去了。以後陶震再怎麼哄他，他就是死也不肯上桌。然而他卻是全校女孩子的剋星，他的同鄉王楓就最怕他，怕他那張搬弄是非的大嘴巴。誰追誰碰了釘子，誰跟誰爭風吃醋，都能落到他耳裡，也比別人更惡毒地渲染。

一年級下學期，陶震的一個台中朋友，毛大偉，到台北上補習班，卻天天跑華明村，後來索性就住到姚京的房間，和蕭文茲他們整整地混了一個學期。早在毛大偉北上前，蕭文茲就常常聽陶震提起這號入物。有一次他沒錢了，就穿著風衣戴上墨鏡往當鋪門口一站，一個初中生贖了相機出來，毛大偉把他堵在巷口，板著寒森森的臉問他相機哪裡來的。小男孩嚇得直說是他父親的。「說，哪邊偷來的？」說著掏出記事本，「讀什麼學校？幾年級？」邊問邊登記。最後還沒收相機和身分證。「好了，你可以走了，明天我直接找你父親談談。」小鬼嚇走後，他跟著就用那身分證原封不動地把相機再送回原來那家當鋪。

聽說毛大偉還曾騙上過一個離家出走的女孩子，除了自己夜夜風流，還讓她死心塌地給他拉過客賺零用錢，後來甚至也有幾個弟兄都分享到了。

毛大偉初到華明村那天，陶震介紹姚京跟他認識，這大塊頭一聽是台中響噹噹的大毛，頓時矮了半截，無比謙卑地直指著自己鼻子語無倫次地：「我是姚京，我就是姚京是我……」

姚京最喜歡聽毛大偉那些加油添醋的風流韻事，聽到精彩處總是控制不了笑瞇一雙細眼，狠搓著刺扎扎的髯鬚連聲地「我操，好爽喔，我操，好爽喔！」陶震也沒事喜歡吊他胃口，今天是某廳理髮小姐兼營副業，明天是台中某小太妹逃家即將北上投宿。有一次毛大偉從新公園釣回了一個女孩子，姚京當即趕緊狠狠地全身洗了個澡，早早換上睡衣在房門外耐心地等著。毛大偉出來後，他跟著就拉著一臉謙卑的笑容矮著身閃進房間，想不到那女的卻嚇嚷著連碰都不讓他碰。終於，毛大偉帶他上那種地方。

「三十塊，划得來，嘖嘖，划得來。」瀉遍一臉的滿足與喜悅數日揮之不去，這麼說著他更是省吃儉用更不常買煙了。

那一陣子他們學校的學生都在一家冰店樓上打牌，姚京自己雖然不打牌，各家每天的輸贏他卻都如數家珍瞭如指掌，早在一年級上學期就常聽他肅然起敬地提及趙飛——頰上一道刀疤，姚京所謂的左營某條道上的好漢，談起趙飛今天又是威風八面橫掃牌桌，好似自己也頗為與有榮焉光彩無比。聽說有一次趙飛連清八圈沒糊牌，姚京又伸手上桌拿煙，想不到趙飛猛一拍桌子喝道：「他媽的妖精，怎麼從來都沒看你表現？」姚京趕緊連蹦帶跳地買回一包總統牌。「嘖，買什麼總統牌嘛，去換，去換，去換長壽！」姚京又畢恭畢敬氣喘吁吁地換回一包長壽。

每次蕭文茲上冰店打牌，總是能在另一桌上看到趙飛，那一桌上的牌角們問他要打多大時，他總是這麼回答：「廢話，鐵打五毛的嘛，我們華明村哪還有人打兩毛五的？」

「打五毛都還嫌小呢，」陶震總是在這一桌上吊兒郎當地幫腔：「都已經儘量打小了，不打五塊的就已經很不錯了。」

漸漸地趙飛找上陶震和蕭文茲。「我們打五毛的，懶得贏他們兩毛五的。」他總是神氣活現地對他們這麼說。

耿季豪和楊天行也是冰店的熟面孔，他們兩個也和趙飛一樣來自左營，但是都不在同一班，學校裡難得碰頭，倒是動輒在冰店樓上見面。這學期耿季豪和楊天行合租了一個房間，房東太太非但自己天天打麻將，還鼓勵他們帶同學回來玩牌。毛大偉再度落榜暑假中就當兵去了，學期初先是陶震變成他們的常客，緊跟著蕭文茲也打進了這溫暖的小天地，牌局結束少不了贏家請消夜，几次酒喝下來，漸漸地，學校裡常能看到他們四個人結伴一道來上課，又同時從校園失蹤好幾天，祇在三更半夜的麵攤上一起出現。

「自己人打什麼的，打得大家都窮了，」又一次的消夜中楊天行苦著臉這麼說：「嗨，實在應該找些外面的來抄。」這句話他已經掛在口頭上好一陣子了。

「窮？！窮？！就聽你一個人喊窮！」陶震瞪著眼頂道：「不是一直就跟你說找金太太她們抄嗎？」

耿季豪嘟著嘴說打那麼大幹嘛，陶震說他媽的要宰還不是一樣照宰。第二天樓下的牌局更加地熱鬧了，四個人合夥輪流上桌，金太太笑到耳根來：

「學生也打胡頭的啊？這下——可好了。」

不過幾圈下來她的笑容漸漸消失了。

「他們這些學生真——可愛，」她跟另兩位太太說著，呲著兩門犬牙又迸出：「牌可打得精咧！」

「贏房東太太的錢繳房東的房租，提著燈籠都找不到呢。」陶震這麼說著乾脆也搬進金宅和耿季豪、楊天行一起住了。

學期中，趙飛說要喚起各班各系的團結，找他們四個合開了一個全校二年級的大舞會，事後趙飛逢人便說：

「這下子我們可出了一口氣了，也讓他們那些書呆子瞧瞧我們是怎麼玩的。」

「嘖、嘖，」楊天行咧著合不攏的嘴，幌著腦袋笑著說：「太屌了，太屌了，非再開它一個不可。」

「廢話，」趙飛聲色俱厲地說：「鐵要再開的嘛！」

「何止一個，」陶震也風言風語地湊合著：「少說也要再開他十個。」

◆

那是一個月前的事了，趙飛說要開就要趁早，否則馬上就要期末考了。今晚的舞會還是一樣由姚京把關在門口收票，人漸漸地多了，此起彼落地洋溢著一片嘈雜的交談與譁笑，趙飛四處穿梭忙著跟人握手招呼，蕭文茲懶懶地窩在沙發裡，對面一環空空的沙發座上祇坐著耿季豪和楊天行。

今晚還是由陶震幫他們找舞伴。幾天來楊天行就一直催問陶震，陶大班馬子都約好了沒，陶震總是賴在牌桌上，嘖，不忙嘛，這種小問題！叫她罩半打來她不敢罩五個。然而他直到前兩天才想到要去找王楓。結果就只有王楓一個人答應能來。

直到昨天陶震才跟蕭文茲提起今晚的舞會雷姍姍竟然也會來。

「她是自己找上門的，說什麼好久沒跳舞好想跳的，」陶震無奈地說：「還說能再幫忙多帶幾個女孩子過來。」

◆

「嘿，文茲，」楊天行打破沈寂：「陶震說今晚會帶一個很正點的馬子介紹給老耿？」

「哦？」蕭文茲高高地聳起眉頭：「怎生個正法子？」

「陶震說，嘖、嘖，」楊天行眏著一眼曖昧地笑說：「可以那個那個的。」

「哼，算了吧！陶震的話哪還能聽？」耿季豪撇著兩道深深的頰紋揶揄地笑說：「不要再像上次那些糗馬子一樣就好了。」

在楊天行的不停抱怨下陶震終於到達，後面跟著四個女孩子。王楓一把抄到座位前，皮包一甩重重地坐進沙發，對趕緊躲開讓起位子的蕭文茲嚷道：「他媽的陶震這個死王八蛋，早就換好了衣服，左等他不來，右等他不來，氣得姑娘差點就不想來了。」

蕭文茲端睨著她笑說：

「王楓您今個兒怎麼穿這麼騷？」

「他媽的文茲，」王楓一手插上纖腰嗔怒道：「你嘴巴跟我放乾淨一點！」

「我說您怎麼穿這麼少，」蕭文茲板著一臉正經：「我是怕妳著涼啊。」

「姑——娘——高——興——！姊姊著涼沒你的事。」王楓旋地又笑勾著蕭文茲：「您老人家今個兒忽然這麼關心姑娘幹嘛？」

陶震在跟耿季豪和楊天行介紹另三位女孩子，帶頭那位留著披肩長髮的女孩子忽然轉向蕭文茲，「文茲，」她幽幽地盯著他：「好久不見。」

二

狂飆叱吒的吼唱與震撼動魄的演奏逐漸退去，五光十色的壁燈睜開了眼，煙霧翻騰中熱舞的男女拾回了昏黃與紅暈，一對對地紛紛散去，方才稀落的座位重又覆蓋上喧嘩與嘻笑。

「唷，好棒喔，真的好棒好棒喔！」長髮小姐理著披肩長髮興奮地笑說著坐回沙發。

「通霄嗯，」陶震瘋瘋癲癲怪腔怪調地附和著：「棒就要通霄，一棒把它打到通霄。」

楊天行拍了一下大腿，也跟著對站在座位旁的趙飛高聲嚷著今晚不通宵不散。

舞台大燈亮起，麥克風傳來「歡迎同學上台客串」。

陶震哄著要王楓唱。

「有姍姍在哪還輪得到姊姊？」王楓推著坐在她旁邊的長髮小姐：「姍姍看妳的啦。」耿季豪帶頭鼓掌，長髮小姐帶來的那兩位怯生生的女孩子也跟著拍起手，楊天行推了一下趙飛嚷著：

「趙胖，趙胖先報告一下。」

「唷，好久沒唱了。」長髮小姐微笑著搖頭，接著望向蕭文茲。

蕭文茲瞬地躲開眼睛看著舞池。

趙飛走到台前斜著拿下麥克風：

「我們現在請到R二的雷姍姍為我們客串，請大家以熱烈的……」

爆炸開來的掌聲與夾雜的口哨聲中，雷姍姍大大方方地步上了舞台，與吉他手輕談了幾句，雙方微笑地點點頭。

輕柔的歌聲透過麥克風慢慢地飄搖了開來，掩蓋了綿綿密密的談笑，洋溢在凝聚的眼神中，游動在輕盈的舞步中，牽著蕭文茲的腳板跟著拍著，心裡幫她和著，飛掠的音縷穿梭成一面密網，緩緩地向他圍攏過來，輕輕地向他覆罩下來，網入他久久沉寂的心湖，撈起了那段深深潛藏的記憶，徐徐地浮昇，慢慢地湧現⋯⋯

◆

半年前，一年級下學期的學期末，碧潭。蕭文茲和姚京帶著點心沿著石階步回碧亭，一串熟稔的旋律隨著夏日溫煦的晚風飄進耳裡，是雷姍姍，王楓今天帶來的客人。深藏胸腔舊日的和聲不知不覺地哼了出來，唱了出來。和聲劃破了一片沉寂，驚醒了滿天繁星，比翼掠過湍湍澗水，並肩躍過一朵朵紛飛的水花，縈繞在樹梢，迴盪在林間，終於溶入濃馥的月色，消失在萬籟俱寂的山谷。

「唷，好好聽喔，想不到你和聲和得這麼好，和得好棒好棒喔！」她眼裡亮著驚喜的光芒。

山下閃爍著點點燈火，瞬地化成一顆顆驚喜的眼睛，眨著，眨著，和風拂弄樹葉沙沙作響，低語著，細訴著。

那晚毛大偉送她回宿舍，陶震逼姚京陪大家打五塊錢一餐的梭哈，半夜毛大偉才回來。

「姍姍今天硬是給毛伯伯蓋得一愣愣的，」毛大偉笑嘻嘻地說：「騙得她吱吱歪歪的，我保證她今晚鐵睡不好，夠她想的了。」

「大毛又要摧殘幼苗了？」陶震衝著毛大偉半笑地問著。

「幼個雞巴啦！」姚京衝口說出：「她在宜蘭沒事就被騙到公園海溫，溫得淅瀝嘩啦的，沒事就被甩，跟她跳舞沒有貼不到的，全宜蘭的都曉得，不信可以去問王楓。」

「噫——，那——太好了，毛伯伯就喜歡這一種。」

果然沒幾天毛大偉就到手了。蕭文茲動輒聽住姚京鄰室的趙飛繪聲繪影地描述，雷姍姍如何如何地和毛大偉當眾表演。陶震也在一旁笑著說：

「妖精等不及了，餓得什麼似的，死等活等大毛會分他幾兩肉。」

「妖精赫然還在痴痴地等，奇怪自己赫然怎麼還沒有被輪到。」

毛大偉也笑嘻嘻地跟他說：

「姍姍的福壽是貨真價實的，溫得她都會浪叫的。」

有一次他還翻著一本補習班講義給尷尬地陪著笑臉的蕭文茲看，乾乾淨淨的書本裡夾著兩根纖細鬈曲的體毛。

「不錯吧，雞子毛長的那話兒一定強，姍姍硬是要得，沒事喜歡玩我老二。」

期末考前一天，傍晚，蕭文茲帶著筆記去還姚京。姚京正和陶震倚在二樓陽台欄杆上抽煙。一看到蕭文茲上來，姚京倏地把脖子拉得長長的向他壓低聲音說：

「噓，裡面在辦事情，」說著睜大眼睛肅然瞅了房門一眼：「已經半個鐘頭了，大毛說今天一定能拉到，待會兒就曉得了。」

「妖精硬是要得，」陶震笑說：「等一下赫然還要去現場調查。」
「房間裡沒半張衛生紙，一急還不是抓了內衣就擦，等一下去數要是內衣少上一件，」姚京說著挺起胸膛下巴一收，攤著一隻手神氣地笑說：「那——不就是拉到了？」
幾分鐘後，毛大偉和雷姍姍面帶肅容地出來。她們一道去吃晚飯。雷姍姍始終一句話不說，毛大偉也是面色凝重，桌上沒有人講話。回來後，雷姍姍緊鎖著眉頭對蕭文茲說：
「文茲，載我去兜一下風！」
蕭文茲一怔，旋即摸出一串鑰匙拋給毛大偉。
「文茲，你到底載不載？」
「文茲，」毛大偉將鑰匙塞還他：「你就載她去兜一下好了。」
蕭文茲跨上摩托車，雷姍姍側坐上來手扶上他的肩，「我一會兒就回來。」他回過頭避著毛大偉的眼睛說。

雷姍姍要他開快車，一路上都是沉默著，他停車在碧潭隄下。在隄上坐下，他點上一根煙：

「到底——？」

「也沒什麼，祇是心裡悶的很。」她摔摔頭，理著飄散的長髮。散步的人們在隄上悠閒地穿梭，潭上遊船漸漸減少，天色逐漸轉黑。

「你認為我怎樣？」忽地她歪過臉來，一些垂下的髮絲稀疏地覆著面頰。

「什麼怎樣？」他睜大眼睛眉毛挑得高高的。

「你看我是不是一個很壞很壞的女孩子？」

「嗯——，好壞不能全看外在，我不認為一個人的外在行為能完全證明他的好壞。」

「你以為姚京的話能相信嗎？你曉得他的嘴巴，他的話沒有一句能聽。」

他沒有答腔，沉默了半分鐘才又說道：

「其實我認為女孩子即使被怎樣了，根本就無所謂的，祇要——」

「你以為我怎樣了？」她提高了聲音：「你以為我和大毛怎樣了？文茲，你別以為我跟他怎樣了，我每次在那邊一定有人陪著，要不是姚京在，一定有陶震在，要是沒有第三者在，我是一定不會留下來的。今天大毛一定要姚京出去，是說要和我私下談談，我們是說的暑假去台中玩的事情，去台中還不是因為你也要去，我才要——我才能去。」

沉寂闃黑的潭面經風一吹掀起了漣蓮波光，盪著，漾著。

「你以為我和大毛怎樣？」

「很好啊——」

「我們祇不過是普通朋友，唉！我真不知道要怎麼說，有時候實在是自己心太軟，不願意刺傷別人，你不知道他跟姚京、陶震他們怎麼說，說我是他的——」

「太太？」

「說得好有把握似的，我是怕讓他難堪。你曉得我跟你們一起玩很快樂，我不希望有任何人受到刺傷，我是希望大家玩在一起，大家都一樣，不要有誰對誰特別怎樣。」

「其實一票男孩子女孩子玩在一起，做做普通朋友就已經很好了，大家相安無事，每一個人都沾上一點邊，這才是最美好的，一旦有誰屬於誰，一些忌諱都來了。不過，話說回來，好景不常在，這種均勢、這種快樂、這份自在早晚是都會被破壞的，一定有人會先發動攻勢，不出於此，必出於彼。」

「彼？那個彼？」她又歪側過臉，瞳裡映著晶瑩的波光。

「咦，妳以為什麼彼？」

她低下頭搓弄著髮絲，良久才又說道：

「唉，我真不知道要怎麼說，反正祇要你知道我完全是為了不願刺傷他的自尊心。我實在不希望男孩子和女孩子在一起就一定要那個，我要的是那種——那種默默的，完全是心靈的相通，不要講出來，一講出來就破壞了那種美——」忽地她收回飄渺渙散的目光轉向他：「文茲，你知道你自己很懦弱嗎？」

他緊抿著細薄的雙唇躲開她的眼睛。

「你知道那天去你家玩，我為什麼要去坐你旁邊？你又為什麼要一下子跑掉？你曉得我為什麼跟你們在一起玩的原因嗎？你曉得是——是因為有某一個人在那邊我才會去嗎？你曉得是因為某一個人在那邊，我才會快樂嗎？」

「嗯——，」蕭文茲抬頭看了看天色：「好像快下雨了，該回去了，大毛會以為我們出了車禍。」他跳下了隄防。濃雲網住了黯淡的天，陰濕濕的暖風吹拂著。

◆

陰濕濕的冷風迎面襲上蕭文茲滾燙的面頰，天邊密布著灰裡透亮的烏雲，空曠的路面祇剩下一盞盞路燈，趙飛和陶震還在出口處跟一大堆同學握手告別，王楓她們已經等在路口，蕭文茲和提著唱片袋的楊天行落在後頭。

「咦，」楊天行忽地轉向蕭文茲：「以前那麼多次舞會怎麼都沒看過你們請她？」

「誰？」蕭文茲高挑起眉頭：「請誰？」

「雷姍姍吶——」楊天行頭比了一下前頭與耿季豪並行的雷姍姍。

蕭文茲懶懶地聳了一下肩。

「你們是怎麼認得的？」

「還不是王楓她們宜蘭的，上學期和大——」

「上學期怎樣？」

「沒有——沒什麼。」他們也來到十字路口，蕭文茲顫輕輕地搖了搖頭，一陣冷風吹來，他打了個寒噤。

「文茲，」楊天行拍著蕭文茲的肩：「一道回華明村吧？」

蕭文茲搖搖頭。

「今天的舞會開得這麼好，該好好慶祝慶祝啊。」

蕭文茲還是搖頭。

「你怎麼啦？這麼晚了，明天禮拜天，再去拿一瓶高粱，老耿今天玩得這麼爽，」楊天行又比了一下前頭與雷姍姍說說笑笑的耿季豪壓低聲音說：「也該跟他慶祝慶祝啊。」

蕭文茲微笑了笑說一定要回家，又是好幾天沒回去了。

「唷，」雷姍姍嗲嗲地說：「文茲幾時變得這麼乖了？文茲你就一道回華明村嘛，你看今天難得大家心情都這麼好，何必掃大家的興？」

兩輛空計程車停在他們面前，耿季豪打開車門和雷姍姍坐進後座，車子先後急速駛走，車尾燈漸漸地遠去，終於消失在轉角，遠處的烏雲忽地閃了一下照亮了半邊沉甸甸的天，隱隱地，隱隱地傳來斷斷續續的雷聲。

三

蕭文茲低撐著傘頂著連下了一整天的傾盆大雨，沿著闃黑的小路，透過濛著一層薄霧的鏡片，祇能看到映在濕漉漉的路面微弱昏黃的路燈燈光。昨晚從舞會回家一覺睡到今天近午，原想利用禮拜天好好開始準備期末考，卻接到陶震的電話，要他晚上一定要過來，說她有很多話一定要親口跟他說。四下一片靜寂，只有豆大的雨點下雹似地打在傘上規則的滴答聲，濺溼的褲管緊裹著冰冷的雙腳，踩著一路的蹊蹊率率，他停在一棟二樓公寓前，收起傘抖落水滴，在棕櫚蓆墊上拭了拭鞋板，他打開房門，四個太太正在打牌。

「勞太太您今個兒手氣還好吧？」他來到牌桌邊，對一位戴老花鏡的老太太招呼道。

「好喲——，」勞太太尖聲應道：「好得胡說八道喲。」從牌桌上抬起頭來又問道：「咦，你們怎麼好久不摸牌啦？」

「沒錢啦！」

「又在裝了，」金太太呲著兩門犬牙跟太太們說：「他家錢多的是呢，家裡開大……」

蕭文茲沒搭裡她，逕自上樓，將傘放進浴室，打開房門，房間裡面也是一桌牌。除了耿季豪、楊天行和陶震，還有一個客人——雷姍姍。耿季豪看到蕭文茲進來就讓起位子給他，又拉來一張椅子坐到雷姍姍後面教她出牌，雷姍姍笑著跟蕭文茲說她衹會玩推倒糊。一圈沒完，雷姍姍望著窗外轉小的雨勢說雨好像變小了，該走了，蕭文茲從浴室拿出傘在門外倚牆等著，雷姍姍從雙人床上拿起皮包走出房門，耿季豪也拿著一把傘來到門口，三個人對愣了一秒鐘，雷姍姍抬起透亮的眼睛盯了蕭文茲一眼。

「我送她回去。」他跟耿季豪說。

一路上雷姍姍挽著蕭文茲撐傘的手。

「文茲你這個人是怎麼搞的嘛，」她哆哆地說：「祇管自己走路，人家都淋濕了。」

「太久沒跟女孩子走路，都忘了。」他緩下疾走的腳步，撇了一下嘴角說。「到哪兒？」

「上冰店坐一下好嗎？」

他們在角落的一組位子上坐下。

「陶震說妳有話要跟我講？」蕭文茲平平板板地問。

「我一定要跟你說個清楚，不說清楚我永遠放不下這個心，那一百我是真的忘了，絕不是故意不還你的。」

他依舊臉色漠然。

「我真想不到我們那麼經不起考驗，你曉得大毛來宜蘭玩，我當然多少得盡一點地主之誼，尤其他又馬上要去當兵了。」

「我才不計較那個呢，朋友歸朋友嘛。」

「那幾次舞會也都是一些小學同學開的，王楓自己也都在。」

「聽說，聽說妳那幾天都玩得很——很愉快？和那個澎湖認識的僑生。」

「你別聽王楓胡說，你曉得她的嘴巴，她自己才不規矩呢。我們真的不過是普通朋友，你曉得當區隊長一定要跟各方面都處得很好，你非得跟大家合作不可。」

「合作？」

「我們真的不過是普通朋友，你曉得上次舞會我為什麼要帶他來？」

「我說過我不在乎。」

「你曉得我是要帶他來氣你的嗎？你未免也太——我一定要跟你說清楚，你為什麼不提醒我，這錢我是一定要還的，借歸借嘛，而且這又不是一個小數目。我是很不習慣跟人家欠錢的，你註冊時為什麼不提醒我一下？你曉得姚京是怎麼來要錢的嗎？他第一天就在樓下大叫什麼『雷——姍——姍——，你跟我下來，我來要一百塊了！』我那天剛好不在，他在那邊足足叫了半個鐘頭，整棟樓連隔壁都聽到了。我回來房東太太還都問我怎麼會欠這種人錢。你曉得這件事情嗎？」

他點點頭。

「第二天他一早又來，又在下面叫，說什麼我再不下去他就賴著不走，好一副無賴的樣子。我那天剛好祇剩五十塊，跟他說先拿五十走，隔天我去找我姨媽拿，一定給他。全部的鄰居都跑出來看，你不曉得他那副得意的樣子。我真想不到你竟然會這麼狠，居然會去找他來要錢，你既然要來要，為什麼不自己來，還找那種人？」

「這不是我的意思，我也是事後才知道的，陶震把姚京的戒指當了，陶震就叫他來要，說要到就先還他。」

「你為什麼要折磨我？難到你瞎了眼，誰真的對你好，你難道一點都看不出來？你曉得我這學期是怎麼過的嗎？你曉得我這三個月來是在什麼心情下過的嗎？總覺得自己不能死心，就這樣莫名其妙地斷了，我怎麼能甘心？總是抱著一線希望，就靠這一線希望支持我。你曉得我三個月來每禮拜回家，也不曉得為什麼要回去，鄰居都奇怪我怎麼每個禮拜回家，我媽媽也都說我瘦了，我簡直就沒辦法在台北多待，想著想著我怕自己會發瘋，」她扭絞著手帕拭了下鼻子，哽咽著聲音又顫顫地說：

「我簡直一點都沒有心情玩，連門都不想踏出去，吃飯都是華珠、秋月她們幫我帶兩片麵包回來。我就這樣等著等著，總盼望著有什麼奇蹟會出現，而你一看到我就什麼似地一下子跑開，好像我有毒似的。昨天舞會你為什麼都不來請我？你不知道——我多——我多希望——」她埋下了頭，忽地一滴眼淚墜了下來。

四

「生病？！生病？！哪有一年到頭生病的？」教官倚在靠背椅上前後晃著，拿著蕭文茲寄來的明信片拍打著桌面。

「是真的生病嘛，」蕭文茲拿著假條站在桌前一本正經地說：「我們怎麼敢騙教官呢？」

「你們這幾個，陶震、趙飛——一個個簡直是無法無天，你們生的根本就是懶病，這還像讀什麼書？父母給你們錢……」

蕭文茲瞟著窗外被雨水洗得雪白透紅的杜鵑花叢，在黃昏的冬陽下浸浴著，一群群男女學生抱著書本吱吱喳喳地從窗前經過。

「拿過來！」

「是。」蕭文茲雙手呈上請假單。

「是個屁！是就不要請假！」教官瞪上蕭文茲一眼，說著忽地側身從他身邊望了過去，大聲叫著：「還有你，楊天行！」楊天行正拿著假條走進教官室。教官往椅背一躺，上下搖晃著下巴問楊天行：「你——又來幹嘛？」

蕭文茲摸回簽了名的假單溜了出來，在走廊踱著。

「他媽的冬瓜今天又發神經了。」五分鐘後楊天行也得意地笑著出來。

「你這兩天死到哪邊去了？」

蕭文茲說馬上就要期末考了，請假在家自己看書。

「嚄，老耿走桃花運了，你這幾天沒來你不曉得，老耿他媽的嘖嘖，嗨！真是閃電——」楊天行語無倫次興奮地告訴蕭文茲，說耿季豪和雷姍姍兩天之間已經打得火熱了。前天晚上雷姍姍上他們房間借筆記，他們正在放唱片，她說想不到他們那邊有那麼多好聽的唱片，雨越下越大，耿季豪就請她留下來一起聽，一聽聽到十二點，她說她們宿舍門關了，晚上就留在他們那邊一起睡，雷姍姍自己一個人睡單人床，他們三個擠雙人床。昨天早上雨停了，他們又一道去爬後山，兩個人就橡皮糖似地黏在一起了，回來又接著玩了一整晚的撲克牌，又是玩到半夜，祇好又睡他們的房間，兩個人就同睡一張床了。

吃過晚飯，楊天行又跑進一家西點舖，拎了一袋麵包出來，說是幫耿季豪和雷姍姍帶的，說他們現在連床都捨不得下來了，早飯中飯都是他幫忙帶回去的。

回到金宅上到二樓房間，蕭文茲果然看到雷姍姍和耿季豪蓋著被並肩靠在雙人床床頭看書，蕭文茲把書本往單人床上一丟，對耿季豪咧嘴笑說：

「老耿，恭喜你啦！」

「老耿戀愛嘍——」耿季豪撇開兩道深深的頰紋笑說，高高的顴骨透著紅暈。

蕭文茲轉向雷姍姍，也堆上一臉笑恭喜她。她坐正起身，拉了拉衣服，嬌羞地笑低下頭。楊天行從麵包袋裡挑出一小包酸梅，先塞進自己嘴裡一顆，遞給雷姍姍，又順勢在床沿坐了下來，哄著要雷姍姍跟大家發表戀愛的滋味，她笑而不答。

「那麼就告訴我們妳喜歡上老耿什麼地方？」

「嗯——，我認為一個男孩子不見得要多好看，祇要性格就夠了。」

◆

蕭文茲憋著一肚子話想問陶震，他想不到才幾天沒來竟然發生了如此劇變，然而陶震一直都沒有回來。蕭文茲知道最近和金太太她們的牌局幾兩次連輸，陶震和耿季豪好像有一筆賬算不太清楚，那天陶震又找耿季豪合夥要他當西裝，耿季豪緊綳著臉說：「打牌是為了消遣好玩，哪有當東西打牌的，你們的觀念根本就不正確，沒有錢就不要打嘛！」就又蒙上棉被祇留下一頭髮髮。楊天行方才還說，耿季豪和陶震為了雷姍姍鬧得有點不愉快。他說陶震實在太不識相了，人家耿季豪和雷姍姍都已經那麼好了，他還說雷姍姍是大家的，不是他耿季豪一個人的，耿季豪很不高興陶震老用一種不正經的衛生眼看雷姍姍。昨晚玩撲克牌，玩到最後大家鬨說最輸的人要給最贏的人親一下，後來陶震贏了雷姍姍又最輸，陶震竟然也學耿季豪要親她，大家起先以為他不過是鬧著玩的，想不到他跑到雷姍姍後面抓著她的肩就真的要親，雷姍姍直搖著肩躲著，搞得耿季豪臉色很難看。

楊天行又跑出去借筆記，房間裡祇剩下三個人。雷姍姍好像身體不舒服，耿季豪在幫她按摩肚子，蕭文茲也不好回頭，面對著冰冷的窗玻璃端坐單人床旁的小書桌前，腦後不時傳來他們壓低聲音的竊竊私語，攤著書本卻心情亂糟糟的。陶震還是一直都沒有回來，耐不住那窒人的氣壓，蕭文茲出去找陶震。姚京攤著一隻手誇張地說他已經好幾百年沒有看到陶震了，從趙飛他們岡上的宿舍回來，他停在王楓宿舍門前，叫了半天也沒人應門。漫無目的地又亂逛了一陣，頂著一路冷風回到金宅，他瞥見雷姍姍已換上一件白色的綢質睡袍，昏暗的燈光下依稀透著絲絲肉色。盯著地板來到單人床邊，楊天行已經呼呼睡著了，他擠開楊天行窩進散著酒氣的被裡，面著冷牆睡下，斷斷續續能聽到綢質搓擦輕悄悄的悉悉嗦嗦，緊閉的眼簾紛紛冒上耿季豪和雷姍姍纏綿的影子，影子翻騰著，他在僵硬的床上翻騰著。

◆

第二天他又在學校找陶震，一整天都找不到人。吃過晚飯他又回到金宅，進到房間，他訝異地發現，除了耿季豪和雷姍姍，還有一個女孩子坐在小書桌前。她瞇著眼睛回過頭來，戴上眼鏡羞怯怯地回了蕭文茲的招呼，就又回頭看書。耿季豪和雷姍姍還是窩在床上，蕭文茲來到眼鏡小姐旁邊，他認出她就是那天舞會雷姍姍帶來的、同寢室的兩位女孩之一，蕭文茲朝她笑說：

「妳怎麼坐我的位子？」

她抬起頭，就要站起。

「不忙，不忙。」他輕壓下她的肩，拖來另一張椅子，跟她並肩坐下。

「沒關係吧？」

她羞笑地說沒有關係。

蕭文茲想起舞會那天，對面座位的雷姍姍突然向他說：

「文茲，如果有人說你很可愛，你怎麼辦？」

「本來就是嘛。」

「不過男孩子通常都不喜歡人家說可愛啊。」

「事實如此嘛，也祇好逆來順受了。」

他看到雷姍姍旁邊的眼鏡小姐拿手帕遮著嘴偷笑。

「那天是妳說我可愛？」蕭文茲堆了一臉笑問眼鏡小姐。

她顧自咧嘴垂眼笑著。

「可愛就是可以去愛的意思喔，可不是能隨便亂講的喔。貴姓？」

「蕭。」

「噫——，我也姓蕭，我蕭文茲，文章的文，滋潤的滋沒有三點水。妳蕭什麼？」

她捽著頭說她的名字不好聽。

「文茲你這是怎麼搞的嘛，哪有問人家女孩子名字這種問法的？」背後的雷姍姍插了進來：「華珠妳就跟文茲講嘛，妳看人家文茲這麼想認識妳，你們還是三百年前一家人呢。」

「三百年前？嗯，以後也還是一家人。如果嘛——，繼續可愛下去的話。」蕭文茲說著忽地一把將攤在眼鏡小姐面前的日文課本闔起，她手伸過來要蓋已來不及了，書皮上絹秀地寫著「蕭華珠」。他手靠上蕭華珠椅背，有一搭沒一搭地跟她瞎扯，一會兒誇她字寫得好看，能問的話都問完了又纏著要她教日文。她說她不會教，他要她就帶著他唸。在耿季豪和雷姍姍默默地交換著訝異的眼光下，蕭文茲湊上頭去跟著蕭華珠唸，手也一吋吋地爬上她的肩。他想起那天舞會帶著她生澀的舞步，

「妳不常跳舞吧？」

「才跳過幾次。聽說你舞跳得很棒？」

「嗯，不錯。聽誰說的？」

「楊天行說的。以後要跟你請教請教。」

「哪兒的話，沒——問題，大家研究研究。」

「妳不是說想學跳舞嗎？」蕭文茲沒等蕭華珠回答，就將她從椅上拉起，她逕自低頭看著腳步，漲紅了兩頰，突地一個踉蹌她倒向他，他順勢一把將她摟進懷裡。

◆

夜，不知不覺地深了。一片沉寂中，祇記得好像楊天行砰地一聲打開房門闖了進來，眼睛睜得大大的定定地傻站在門口，又忽地砰上門跑出去。一切復歸於沉寂，火熱的小房間漸漸地冷卻下來，蕭華珠說她要回去了。

「華珠我看妳今晚乾脆也留下來嘛，」雷姍姍從耿季豪肩上扶正起頭，手理著長髮對低垂著眼睛的蕭華珠說：「妳看人家文茲今天興致這麼好，何必掃興呢？」

蕭文茲恍恍惚惚地摟著蕭華珠送她回宿舍，覺得似乎該說些什麼話，類似承諾的話，卻是一路漫長的沉默。回來的路上他努力企圖追憶，蕭華珠的面龐卻已矇矓地衹能依稀記得些許輪廓，颯颯的風聲呼嘯著，像是在吼著什麼。

「文茲，」一打開房門，楊天行就忿忿地劈頭衝他說：「你這樣子實在很惡劣。」說著幌幌腦袋連嘖了幾聲。

「文茲你可不要欺負人家，」雷姍姍囁嚅地說：「人家華珠是老實人喏。」

蕭文茲白了他一眼，趁耿季豪和楊天行沒注意，用眼睛示意要她跟他到陽台。一根煙後她也來到陽台，關上了門。

「妳要我——？」他彈掉煙蒂，手大剌剌地背靠上欄杆冷冷地說。

「她從來就沒有交過男朋友，她會以為你今天對她這樣就是喜歡她。」

「妳以為我不喜歡她？」

她低下了頭，半晌才又輕輕地說：「我祇不過是希望你能對她好一點，她不是那種經得起打擊的女孩子。」

「妳以為我為什麼會這樣做？」

她眨了眨眼，倏地掛下了兩行眼淚，喑啞著聲音說：

「文茲，都是——都是我不好，是我對不起你——你能原諒我嗎？你一定恨死我了——」

「我沒有恨，沒有，一點也沒有，」他顫輕輕地搖頭。「我是在保護我自己。妳喜歡他嗎？老耿。」

她重重點頭，淚眼搖幌著。

他避開那晶瑩的目光背轉過身：「也許這樣也好，將錯就錯，妳可以進去了，妳儘可放心，如果妳祇是希望我負責的話。還有，我祝福你們，如果妳是真心的話，這次。」

五

「小楊你怎麼老放屁呢？」蕭文茲從書本上抬起頭，向餐桌對面的楊天行皺著眉頭輕聲說道。

「他媽的你放的還是我放的？」

夜已深，耿季豪和雷姍姍在樓上，整個樓下只有楊天行和蕭文茲在看書，金先生和金太太都已經在房間裡睡了。「少來，少來，就我們兩個人還想賴？」蕭文茲誇張地作勢嗅了嗅：「你功力還蠻高的嘛，味道怪像硫化氫的。」

「什麼流化青？」

「硫磺的硫，化學的化，氫氣球的氫，一種氣體，像是雞蛋腐爛的味道。你敢情是這幾天酸梅吃多了？」楊天行的杯子裡還浮著幾顆腫脹的酸梅。

「酸梅在肚子裡會發酵，出來就是這種味道。」

「狗屎，那姍姍不是要把老耿薰死了？」

蕭文茲說每個人體質不一樣，他吃酸梅放的屁也是這種味道，尤其是如果肚子再空空的話。

「對了，你肚子不餓嗎？」

蕭文茲說有一點。

「他媽的這個陶震到現在還不送錢來，明明知道大家都沒錢了，老耿等得亂火大的。」

陶震失蹤了兩天前天才回來，說到親戚家沒借到錢，不過家裡馬上會寄錢來，昨晚陶震果然收到匯票，耿季豪又催他今天一早領了馬上還他。今天一早陶震迷迷糊糊地用到雷姍姍的牙刷，蕭文茲還在床上，祇聽到耿季豪和陶震在浴室裡面，耿季豪氣勢洶洶要他搬出去。蕭文茲中午和陶震吃飯，陶震先是說他早就都不欠耿季豪錢了，反而是以前一些賭賬，耿季豪自己也都忘了，陶震說他也懶得多提。他說耿季豪變了，有了女人就不要朋友了。雷姍姍昨天就已經把自己的東西都搬了過來，陶震說她好像自以為就是女主人似的，過了河就拆橋，他說再這樣住下去也沒意思，說已經決定搬回原先租的那家獨立院，吃過飯就要回金宅把東西全部搬出來。接著又罵說都是雷姍姍一個人在那邊興風作浪，說有一天清晨他們以為他還在睡，耿季豪問雷姍姍他跟她那樣會不會對陶震、蕭文茲他們不好意思，雷姍姍一副驚訝的口氣回說她和他們都不過是普通朋友而已。

「他媽的老耿既然已經跟雷姍姍那麼好了，」蕭文茲微蹙了一下眉頭說道：「他不會跟她先擋一點？我看他們這幾天吃飯看電影都是老耿拿的錢，姍姍只有叫你買零嘴才有拿錢出來。你看姍姍這個人怎樣？」

「嗯，蠻好的嘛，很隨和。」

「哦，你以為他們怎樣？我總是好像一直覺得怪怪的。」

「什麼怪？」

「他們進展得實在太快了，快得實在太怪了。」

「老耿說姍姍跟他坦白說她是在舞會那天就對他一見鍾情了。」楊天行說。

「我曉得，這句話他也跟我提過不祇一次了。我祇是總覺得好像有什麼不對勁的。其實陶震搬走也好，我以後沒事也不好太常來了。」

「你們以後都不來了，那我怎麼辦？」

「你不會也搬出去啊？」

「馬上就要放寒假了還——？」楊天行摸了摸頭。

「好嘛，那你就做你的鎂光燈嘛！」

楊天行嘖嘖連聲地唉聲嘆氣，說陶震實在不應該搬，現在忽然大家都是「對對糊」，一夜之間就祇剩下他一個人是光桿了。蕭文茲說他身上還有幾個錢，出去碰碰看說不定有賣肉粽還是什麼的。他們掩上門出去，好不容易買回了幾個空心掛包。上到二樓，耿季豪和雷姍姍也還沒睡，暈黃的燈光落在他們蒼白的臉上，眼圈好像又黑了一層。楊天行和蕭文茲也坐上床沿分吃著包子。

「我們剛剛還在談，」耿季豪搭著雷姍姍的肩笑說：「我們認識等於一年了。」

蕭文茲問怎麼說。

耿季豪說很多情侶一個禮拜才能見一次面，他們雖然祇認識九天，這一週來卻都是二十四小時在一起，七天乘以二十四小時是一百六十八小時，他們等於是每個禮拜天見面三小時，認識一年了。

蕭文茲笑說那他和蕭華珠等於認識四年了。他說牛郎和織女一年只有一天見面，他和蕭華珠見面了四天，等於是認識四年了。

「我是特別強調我們的感情，我們的瞭解，」耿季豪解釋說：「祇要彼此瞭解，不見得就要認識很久，我們連將來要生幾個孩子都已經講好了，多的是人認識了幾年還互相不瞭解的，」耿季豪又攬了一下雷姍姍的肩笑說：「你們呢？」

「秦少遊有一闕詞，有一句『金風玉露一相逢，便勝卻人間無數。』就是指牛郎織女說的。」

「他媽的文茲，」楊天行嚷道：「要你說真的，你到底喜不喜歡她？」

「那——當然啦！這有什麼好大驚小怪的？每個女孩子我都挺喜歡的。」

「那你是說，」耿季豪衝他問道：「你會經常喜新厭舊了？」

「笑——話——！厭舊焉用喜新？有一句話說『男女因誤會而結合，因瞭解而分開。』，一旦瞭解了，根本用不著喜新，自自然然地就會厭舊了。」

「那你認為一旦瞭解了就不再有愛情？」

「事實上祇要雙方彼此瞭解了，很多人都會發現對方原來是那麼地與自己的理想不符合。我並不是泛指所有的男女一旦瞭解就不再有愛情，然而那祇限於那種經得起被瞭解的考驗的人。我不認為所有的人都經得起被瞭解的考驗。」

耿季豪微微沉了一下臉，問道：

「那你認為一見鍾情可不可能？」

「我讀過一篇文章，說一見鍾情還是有可能的。譬如——譬如你心目中一直就有個最最理想的對象，她要會唱歌，會彈琴，會畫畫，會作詩，有藝術氣質，有文學涵養，有靈性，有深度，有一天你剛好碰到了這麼一個女孩子，四目相接你就觸電似地愛上她了。其實，嚴格講起來，從你心目中有這麼一個理想時，你就已經開始和她培養愛情了，在你認識他以前，你就已經花了很長的一段時間深刻地瞭解她了。」

耿季豪思索了片刻，舒開兩道笑紋點點頭：

「想不到蕭文茲還懂得這麼多。」

「這算什麼！不過，你仔細想想看，一見鍾情的可能性有多大？在這紜紜眾生中你所碰到的剛好就和你的絕對理想完完全全地吻合，這種可能性有多大？我們很容易地自以為真的是一見鍾情了，自以為是非常幸運地找到了最最理想的對象，自以為是找到了上帝為你特別塑造的女孩子，其實，你錯了，她祇不過是和你的理想對象沾上了一點邊，有一點點你所追求的理想條件，有一點點像是你的絕對理想，然而你卻自以為她就是你真正的絕對理想。

「長期的寂寞一旦解禁，就像隄防突然崩潰一樣，精神狀態突然一下子失去了平衡，熱情衝動，理智喪失，神精錯亂，你的潛意識會千方百計地把她理想化，你會一廂情願地把她所擁有的些許理想條件誇大，而卻一點都看不到她的缺點，即使是明明看到了，你也會欺騙自己，安慰自己，假裝沒看到，甚或是為她想出種種理由、藉口來解釋、掩飾。然後當一段時間讓你昏熱的頭腦冷卻下來，等到痴情的迷霧從你眼前散開，呈現在你面前的、你所真正瞭解的她，已經不再是那麼地完美的了。

「我絕不否認真正瞭解的愛情，然而，當局者迷的你能肯定自己轟轟烈烈的一見鍾情不是一時的新鮮感而已？你能肯定自己當初那股盲目的狂熱不是僅僅一時的情緒高潮而已？所以我理論上並不完全否認有一見鍾情，現實的生活我卻不完全苟同。我主要是說，不可靠的新鮮感還是需要一段相當時間的瞭解，我也同意男女祇要真的互相瞭解，不見得就要認識很久，但是，我絕不認為四天的時間能使我多真正地瞭解到蕭華珠。」

耿季豪整個臉板了下來：

「那不一定，那要看你們是不是都開誠佈公地交往。」

「你們不要再講這些了，」楊天行插了進來：「文茲，那你為什麼還要把蕭華珠？」

「咦，我要活下去啊，我固然比較愛吃山珍海味，不過如果沒有山珍海味，鹹水泡飯也得吃啊。」

「你認為蕭華珠是鹹水泡飯？」耿季豪頂道。

「我不過是舉例子，我是指她並非我心目中的絕對理想。」

「既然不是理想，」楊天行也衝著他問：「為什麼還要跟人家那樣？」

「我不認為不是理想就不能那——就不能交往，事實上我已經懂得不去幻求那些渺不可及的絕對理想，若不退而求其次，如果非得理想才能交往的話，那這社會一定多是曠男怨女。同時，往往也有這種情形，愈是交往愈是發覺對方趨近於理想。我相信自己絕不比別人更會喜新厭舊，我是說我現在懂得比別人多擔一份心理上的準備，沒有一開始就把一切事情想得那麼完美，等我真正瞭解對方了，我反倒不會那麼失望地去厭舊了。」

「文茲，」一直沉默著的雷姍姍抬起始終低垂著的眼睛輕聲說：「我是說——如果你祇是想Play Play的話，華珠不是那種經得起打擊的女孩子。」

「妳看我像是扯濫污的人嗎？」蕭文茲轉向耿季豪和楊天行：「多麼英雄好漢我不敢講，敢做不敢當我倒還做不出來。」

耿季豪點點頭：

「我喜歡說一是一，說二是二的人。陶震這個人我是看錯了，起先以為他人很好才找他回來一起住，不知道他是這樣的人，問他什麼他都『沒——有問題！沒——有問題！』，講的話就從來沒有算過數的。欠幾個錢拖上那麼久，講好今晚鐵會送來，結果？哼！也不想想我們幾個在這邊挨餓。」

蕭文茲微微霎了一下眉頭：

「不會的啦，他明天一定會送來的啦。」

「他敢再不拿來？」耿季豪的眼睛閃了一下隱約的凶光：「我就真的不客氣了。」

六

「這就是全部的信了，」蕭文茲抬起烘紅的面頰，對著窩在角落椅子上的耿季豪說：「全部也不過就這麼幾封，你都看過了。」蕭文茲面前立著一個煙灰盆架，盆上火燄冒升著。

陶震終於把雷姍姍的底細全盤抖了出來。昨晚耿季豪等陶震送錢過去等了一整晚，原來陶震一搬好家領了錢就跑到趙飛他們岡上打了一天一夜的牌。今天上午陶震到蕭文茲教室外面把他叫出來，說耿季豪今天一大早就找上門來，催魂似地猛撳電鈴，陶震跟他說錢是領到了沒錯，付房租剩下的錢一夜之間全都輸個精光了，耿季豪要他出來一副要打架的樣子，陶震說他火大就把雷姍姍的底牌一股腦地全部掀了出來氣氣他，耿季豪不信，說要找蕭文茲親自問個明白，今晚大家當面把話說清楚。陶震要蕭文茲回家把以前雷姍姍跟他寫的信全部帶來，叫楊天行去把耿季豪請過來，起初雷姍姍死拉著他不給他過來，後來又一直要跟來，耿季豪沒讓她跟來。房間裡大大小小還沒打開的行李零散地擱置著，陶震蹲坐下鋪暗處，楊天行坐床沿，四個人的目光又定定地集中在盆上的火燄，火舌飛舞著，逐漸地吞噬了一張張的記憶，終於剩下一皺皺的紙灰。

「雖然我們曾經不祇是她所謂的『普通朋友』，」蕭文茲又說道：「然而這也都已經是過去的事情了。就是這樣子了，我可以保證，今天我所講的，沒有一句是假話。」

耿季豪盤著手緊鎖著眉頭，繃著嘴眼睛盯在地上。

「老耿，大家不會騙你的啦，」楊天行皺著苦臉說：「你看大家講的話都一樣，難道大家合起來騙你？」

「這樣好了，」蕭文茲撇了一下嘴角又說：「你還想知道些什麼，你問一點，我答一點。」

耿季豪扭擰著下巴想了一下說道：

「陶震說姍姍是毛大偉賣給你的，這是怎樣的？」

「我本來就是要主動找大毛說明，我想的是等聯考完再跟他攤牌，免得影響他考試的心情。我們前幾天都是偷偷摸摸地進出華明村，怕被大毛碰到，去繳澎湖戰鬥營報名費那天，我們碰到大雷雨，渾身淋得濕透，雨停的時候已經是三點多，我們必須在五點以前趕到救國團總部繳錢，她沒辦法那樣子去，必須先回宿舍換乾衣服。為了爭取時間，我們沒有再像前幾次一樣在學校後門分手，我就直接開回她宿舍，想不到在巷子口碰到姚京穿著木屐迎面大搖大擺走過來，姍姍拜託他先別跟大毛講，他當時是答應了，不過我怕他一定會憋不住而先跟大毛講。我就去找陶震，把所有的事情都跟他坦白講，陶震認為事不宜遲必須馬上解決，我們就一起去找大毛，大毛一見面就始終都是笑嘻嘻的，一口就先說姍姍他玩膩了乾脆賣給我，就用他欠我的錢抵掉就可以了。那天大家都很愉快。」

「你這樣姍姍不在乎嗎？」

「事後我跟她講過這件事，我問她在不在乎被認為是被大毛甩掉的，她說祇要我瞭解，她什麼都不在乎。」

「關於僑生你知道多少？」

「不多。你如果想知道僑生的事情，我想你最好親自去問王楓。王楓也是後來才跟我說是在澎湖認得的，也是最近才斷的。不過一個月前，第一次的那個大舞會，她還帶他來，我相信很多人都看到了，窩在角落裡，表演得很精彩。」

「真的，真的，」楊天行插了進來對耿季豪說：「趙胖也說他們一海票人都看到了。」

耿季豪絞扭著雙拳低下了頭，半晌才又抬起問蕭文茲：

「你也認為姍姍真的很壞嗎？」

「我並不認為換上幾個男朋友就是什麼罪不可恕的事情，不過，對於她內在心地之是否善良我一直都很懷疑。」

「你認為她心地不好？」

「多半的時候，是的，我認為她很假，很虛偽。不過話說回來，這也祇不過是我個人以前對她的觀感而已，我今天已經一再強調，人性不是一成不變的，我們不能斷言一個人就永遠不會改變。今後我們都是局外人了，這已經是你自己的事，一切都應該由你自己來作主、來決定，旁人是祇能提供參考而已，我們所看的並不重要，重要的是你自己的判斷，你可以自己慢慢觀察，我還是預祝你證明我們的看法是錯誤的。」

耿季豪沒有講話。

「至於陶震會對姍姍那樣，也多半是因為我們以前對她的這些印象，你也曉得陶震難免有時迷迷糊糊的，我想他不是存心故意去用姍姍的牙刷的，」蕭文茲轉向一直沉默著的陶震：「是不是，陶震？」

「不是也得是啊——」陶震苦笑著說。

蕭文茲掏出一卷鈔票給耿季豪：

「這是陶震欠你的錢。今天大家把話說清楚了，大家朋友還是朋友。」

「嗨！」楊天行舒了一口大氣直幌著腦袋：「有什麼話就應該說清楚，憋在心裡多難過，嘖、嘖，一講開了心裡就舒服多了，嗨——」

蕭文茲說今天他請客喝酒，楊天行嚷著今晚講好大家不醉不散，陶震也怪腔怪調地湊合著說要喝它個天昏地暗日月無光的。來到麵攤，耿季豪搶先去點來了酒菜，四個人就開始瘋狂地猛喝了起來，不知何時趙飛來到蕭文茲後面。

「他媽的你們幾個在搞什麼鬼？」

趙飛大辣辣地拉個凳子坐了下來，楊天行開始跟他講方才的事情。

「他——媽——的——，總算有人先跟你講了，」趙飛猛一拍桌面對耿季豪瞠眼喝道：「我看你老耿給這個狐狸精這樣迷下去還得了，看你在興頭上又不好潑你冷水。上學期就在妖精房間，我們一海票人在桌上打梭哈，他和大毛就在上鋪蓋著被溫得地動山搖的。不是我說她，這種破屄千人騎萬人壓的，就當是高級妓女一樣，玩玩是可以，哪還能認真的？」

耿季豪愣瞇著眼直顫點著頭。沒多久，他就先醉了，半笑半哭地哼哈著，楊天行扶了他回去。趙飛跟著也走了，剩下陶震和蕭文茲。

「我要去把我的唱片拿回來，」蕭文茲跟陶震說：「跟我一起去吧？」

陶震摸著頭含含糊糊地支吾著，也聽不清說些什麼，好像是說睏了。蕭文茲自個兒一路東倒西歪地來到金宅，搖搖幌幌地打開了房門，耿季豪已平躺在床上，死閉著眼扭曲著臉，有聲無氣地哭吟著：「姍姍——妳回去吧——老耿不是不要朋友的人——姍姍——妳回去吧！」

雷姍姍伏在他身上死抱著他抽泣著，一看到蕭文茲進來，她倏地站起，擦著蕭文茲而過躲進了浴室。蕭文茲提著那袋唱片出來，闔上房門猛一回頭，雷姍姍站在昏暗的浴室門口，淚眼狠狠地瞪著他：

「蕭——文——茲——，這下你滿意了吧？你的目的終於達到了。」

七

雷姍姍沒有搬出金宅。隔天一早蕭文茲在學校碰到楊天行，就聽他說耿季豪打算先觀察一段時間，他直幌著腦袋嘖嘖連聲地說昨晚先是雷姍姍哭得死去活來，後來耿季豪也哭，哭得他心毛毛的。第二堂下課換教室時蕭文茲果然看到耿季豪和雷姍姍一道來到學校，濃抹的化妝品掩不住她雙眼的紅腫，一見面她就綻開盛放的花朵般的笑容問蕭文茲明天期末考都讀好了沒有，耿季豪雙手握著書本閒置腹前站在一旁，蒼白的臉上也始終掛著淺笑，就像前一晚那些事情壓根兒就不曾發生似的。

晚上，蕭文茲在陶震房間一起看書，回家時在麵攤看到楊天行一個人在喝著酒，看到蕭文茲將摩托車停在攤前，他興奮地來拉蕭文茲一起把那剩下的半瓶喝完。他說這是喜酒，耿季豪和雷姍姍訂婚的喜酒，他們傍晚忽然宣布要訂婚，請他當見證人，他們三個剛剛才在這裡慶祝，耿季豪和雷姍姍也不過是幾分鐘前才回去的，接著又悶悶地說他今晚真的無家可歸了。酒喝光了蕭文茲站起來要走，楊天行突然想到地跟他說，雷姍姍一再交代訂婚的事情祇可以跟蕭文茲說，不要跟陶震講，她說蕭文茲比較靠得住，不會出去亂渲，要蕭文茲自己心裡知道就好，用不著再告訴陶震。

蕭文茲當時一口答應，可是回到家裡卻愈想愈不對勁，愈想愈覺得她的話好像意味著什麼。她為什麼要匆匆忙忙地在今天訂婚？昨天掀她底牌，她今天訂婚給我們看，這分明不是在示威？莫非不是在還以顏色？陶震、蕭文茲你們還有什麼伎倆儘管使出來吧！他好像能聽到雷姍姍惡毒的嘲笑。為什麼一再囑咐小楊祇可以跟我講？這分明不是她想借小楊的嘴巴傳話給我？莫非不是她處心積慮唯恐不讓我知道她訂婚？又為什麼要我自己心裡明白就好而不能告訴陶震？她真怕陶震跟她出去亂渲，還是要我啞巴吃黃蓮？這不是衝著我來？蕭文茲愈想愈是冒火，事情是耿季豪自己逼陶震起了頭，他才不得不出面做證圓場，即令如此，昨晚他已千方百計地避重就輕口下留情，難道這樣還不夠仁盡義盡？

第二天考完上午的科目，蕭文茲和蕭華珠在學校餐廳一起吃飯，她告訴他雷姍姍約她今晚長談，說有很多很多她不知道的事情要告訴她，同時還再三叮嚀她別跟蕭文茲講。蕭文茲過去的事情他是早晚都會跟蕭華珠攤牌的，他要親自告訴她，他不希望由雷姍姍的嘴巴說出來。草草考完下午的科目，他一路怏怏地來到金宅，沒像以往直接上樓進到房間，他在樓下沙發上等著，等到耿季豪和雷姍姍回來，他跟他們上到房間。他跟耿季豪說有一些話想要問問雷姍姍，耿季豪沒等他講完就打斷說事情既然都已經過去了，大家以後就儘量不要再去提它了。蕭文茲逕自轉向雷姍姍，問她是否今晚約了蕭華珠，她沒有承認也沒有否認，把眼睛移到耿季豪身上。耿季豪遞給蕭文茲一根煙：

「你考得怎樣？還好吧？」

蕭文茲沒趣地回到家，早早上了床卻是難以入睡，輾轉翻騰著愈想愈不是滋味，索性靠上床頭猛抽起煙。夜漸漸深了，他仍舊凝坐床頭，深沉的煙霧在昏黃的燈光下靜寂地裊繞著，重重的疑惑迷霧似地向他漫攏過來，雷姍姍水汪汪的淚眼再度浮上眼簾。……你曉得我這學期是怎麼過的嗎？你曉得我這三個月來是在什麼心情下過的嗎？總覺得自己不能死心，就這樣莫名其妙地斷了，我怎麼能甘心？總是抱著一線希望，就靠這一線希望支持我，就靠那些唱歌的回憶支持我，我就這樣等著等著，總盼望著有什麼奇蹟會出現……難道她始終就都不曾死心？若是她到那天為止對我還真的那麼死心塌地，那前一天的舞會她怎麼可能就已經對老耿一見鍾情了？他們為什麼會進展得那麼快？才認識三天見面兩次就上門借筆記，聽唱片聽到留在那邊睡？如果到那天為止她仍舊一心想跟我重修舊好，那她怎麼可能隔天又找上老耿，兩天後就跟他同床了？

已經是三個月的形同陌路，如果她真的對我一直就不曾死心，為什麼會拖上三個月才突然想到要挽回？她至少直到十二月中跟僑生還沒吹，難道她同時跟僑生交往卻又同時對我念念不忘？姚京去要錢是十一月中的事情，她如果是真的是在乎我認定她存心借錢不還，怎麼會遲遲地拖上兩個月之久才又突然想到要來澄清跟我解釋？那麼，她最原先的動機是要抓住我，然後才又迫不及待地轉到老耿頭上，所以她的目的無非是要找一個男孩子，我也好，老耿也好，祇要是男的就好。她為什麼非得那麼地急於抓住一個男的？有什麼理由逼得她必須那麼迫切地逮住一個男人？為什麼？為什麼？為什麼？蕭文茲霍地猛擊了一下床面，抬起頭來茫茫地盯著天花板，她會不會是——？她會不會是——？所以她非得——所以她必須——對了！對了!!他喃喃地唸著，一股電流撐開了全身的毛孔，把他從床上彈了起來。我知道了！我知道了!!我知道了!!!他的內心高呼著，高喊著，高吼著，緩緩地，緩緩地，一抹神祕的微笑爬上了眉稍，泛上了嘴角。

八

蕭文茲一直就在考慮著要不要把自己的發現告訴耿季豪，陶震要他不用講，說反正等著看戲就是了。耿季豪已決定期末考一完就要陪雷姍姍回宜蘭，雷姍姍要帶他回去給她父母親看。同時他們也擬妥了春節的旅行也包括帶雷姍姍到左營見耿季豪父母親。寒假中的一天，離註冊還有一個多禮拜，耿季豪忽然來到蕭文茲家找他，只有他一個人，說是自個兒先上來找房子。他始終好像心神不定，鬱鬱地自顧在几子上擺著牌陣，接連幾把都解不開來。

「你今天來找我，」蕭文茲打破好一陣子的沈寂問道：「是不是另外還有什麼話想跟我講？」

耿季豪放下手中的撲克牌，欲言又止吞吐了老半天才問道：「你和姍姍以前——你們的關係到底到什麼程度？」

蕭文茲徐徐地吸了一口氣，迎上耿季豪焦灼的目光。

「沒關係，」耿季豪綳了一下嘴又說：「你講嘛，沒關係。」

「那一點上，」蕭文茲聳了一下肩：「我跟她倒沒什麼。」

耿季豪低下頭去，皺著濃眉沈思了片刻，又抬起頭來：「你看她和大毛會不會有過——？」

「這件事情我從來沒有詳細去追究過，大毛曾經揚言說他那個過，不過我看是不會，我看他們沒有什麼機會。」

耿季豪的眼睛亮了起來。

「他們在一起的那半個多月，每次睡覺都不祇是他們兩個人，要不是姚京在，一定有陶震在場，沒有什麼機會過份越軌。只有一次例外，就是我曾經跟你說的，上學期期末考前一天，我載她到碧潭兜風的那天傍晚，我和陶震、姚京在房門外面等了半個多鐘頭。」

「你看他們會不會——？」

蕭文茲微笑了笑，說道：

「我是認為百分之九十九沒有。姍姍那天在隄上跟我說，說大毛祇不過是跟她談些瑣事，並沒有什麼見不得人的事。看她不像是騙的。當然主要的根據不是這個，我看大毛的臉色不像是拉到了，有可能是預謀未遂。那天我們五個人一起去吃晚飯，空氣一直很緊張，姍姍始終板著臉不講話，大毛臉色也黿黿的，不像是拉到的樣子。」

耿季豪又垂下頭去，絞扭著雙拳，遲滯的眼神閃爍著痛苦的光芒，忽然他緊繃著嘴恨恨地迸出：

「一想到她被毛大偉那種人碰過就噁心。」

沉默了片刻，他又問：

「姍姍那時對你是不是真的有意思？」

「我一直都在懷疑。暑假她還留在台北的那幾天，每個晚上都打電話專程特地跟我道晚安，每次分手也都堅持要看著我先走，好像很依依不捨的樣子。不過，」蕭文茲牽出一絲自嘲的苦笑：「她交上僑生就是在緊接著的澎湖戰鬥營那幾天。你看，她是不是真心？」

「那你那時對她是不是真心？」

「她的確有某些優點是我所一直追求的，不過，有一樣東西是更重要的——心地。也許『瞭解使人分開』這句話還是適用於那些經不起被瞭解的考驗的人。」

「那你跟她分手有沒有什麼導火線？」

「導火線？瞭解使人分開是不需要什麼特別的導火線的，瞭解一個人是一點一滴慢慢累積起來的。暑假有一天她帶她妹妹來台北，我陪她到車站送她妹妹下嘉義，她連要我幫她妹妹打票都毫無表示，好像絲毫就沒有想到應該算錢給我，好像認為這錢我當然是應該幫她妹妹出似的。我自信花錢絕不小氣，然而，她妹妹去參加阿里山健行隊，既然有辦法去玩，一定早有預算車錢，她這樣做令我有被當冤大頭的感覺，好像自己被吃定了，被利用著，被耍弄著。

這學期註完冊，陶震跟王楓和我們在冰店碰頭，王楓說我認識姍姍都還沒有表示過，吵著要狠狠敲我一筆。」

那時蕭文茲笑著說隨便他們怎麼敲。雷姍姍說很想上國賓夜總會。

「不好意思，」王楓笑著說：「國賓太貴了。」

蕭文茲僵笑著沒表示意見。

「王楓妳也是想跳舞的嘛，」雷姍姍又對王楓嗲嗲地哄說：「妳看我們晚上就去跳舞嘛喔。」

不料王楓卻從鼻孔哼了一聲：

「何必呢？何必一定要去花那種錢呢？文茲他們也不是什麼多有錢的人。」

雷姍姍霍地霎了霎眼睛抖動著嘴說：

「妳看他們花錢都是——都是那個樣子的嘛。」

「你還記得嗎？」蕭文茲又跟耿季豪說：「我上次跟你提的她曾經跟我

借過一百塊。我必須再重申，我不是在乎那區區幾個錢，我是在乎那被當凱子、當傻瓜的感覺。她幾乎是絕不可能忘掉的，去繳報名費那天，剛好碰到大雷雨，那報名費就是跟我借的。渾身溼透趕回華明村又被姚京把到，這麼深刻的印象她不可能會忘掉的。如果我現在假設她對我是真心，那麼我們實際上在一起不過是僅僅幾天，這幾天對她而言是不是應該是一段很珍貴的記憶？是不是每天的細節都應該很難忘記才對？你看，她是不是真的忘了？

「假如這筆錢她是真的故意不還，你想我會覺得怎樣？她是不是認為這是我當然應該付給她的代價？做為她陪我出來玩的代價？這是不是意味著一種買賣的行為？這跟吧女在本質上有何不同？如果我被舞女騙了，我認了，我沒話講，她們早就擺明了明來明往的騙，我要栽了祇能怪自己段數不夠。至於那種披著一層神聖的外衣做著不貞的欺騙，即使她能堅守最後的防線，會比那種祇是為了老母醫藥費下海的風塵女更高級嗎？一個表面上高喊口號私下貪贓枉法的高官，他能堅守最後防線——他不東窗事發，然而他的危害社會會比那些祇為了填飽肚子的小偷少嗎？他們是不是戴著一副善良的假面具，虛偽地矇騙世人，摧毀更多善良的心靈？」

蕭文茲停了下來。耿季豪默默地低垂著頭，無神的眼睛盯著地，像是在想著什麼，又像是什麼都沒想。他又拿起撲克牌擺起牌陣。

「你知道我現在在幹嘛？」他自顧一張張機械地翻著牌懨懨地說道。

「嗯——，算命？算你自己的命？」

耿季豪輕搖著頭：

「我是在麻醉我自己。」

蕭文茲苦笑了笑，突然他覺得耿季豪很可憐。太遲了！太遲了！他決定講了。

「還有一件事，站在朋友的立場我必須提供給你參考，不過這也全都是些假設罷了——」蕭文茲開始講了，他告訴耿季豪那天雷姍姍約他上冰店的全部過程，把雷姍姍一切作為的種種疑點一一說了出來。「所以，她的目的無非是祇要想抓住一個男孩子，你也好，我也好，祇要是男孩子就好。她為什麼要迫不及待地說謊來抓住一個男孩子，在剛剛被僑生莫名其妙地甩掉後？為什麼？」

一切沉寂下來，祇剩下壁鐘的滴答聲。

「為什麼？她，懷孕了。」

空氣陡地凝住了，耿季豪面容瞬間僵住了。

「她懷了僑生的孕了。我們假設她是在十二月底、一月初被僑生甩的，幾天來她發現月經遲遲不來，於是她開始著急了。她必須找個男的來頂這黑鍋，為她未來的孩子找個名義上的爸爸。也許她急著打掉，於是她必須找人出錢來幫她墮胎。也許是因為自己沒經驗，怕了，急著要找一個能夠幫助她的人，能在門路上指點她的人，甚或是祇在精神上能夠支持她的人。於是，她決定開始展開行動，先是找上陶震要他帶她來舞會，目的就是為了想要接近男人，接近機會，接近我。我是她心目中的第一號大傻瓜，是她計畫中栽贓的第一號最佳人選，於是舞會隔天她就拜託陶震打電話約我見面，告訴我她對我一直不曾死心。後來看到你對她好像有點意思，事不宜遲，於是她立刻又望風轉舵，隔天就找上門跟你借筆記，又順水推舟地留下來睡。為什麼她第二晚就那麼快地和你睡在一起？目的就是為了使你早一點和她發生關係，使她和僑生受孕的日期與開始跟你發生關係的日期儘量地拉近。」

耿季豪埋下扭曲的臉，肘頂在膝上交抱著頭緊絞著鬈曲的頭髮。

「不會的——不會的——」他呢喃著。

「她以前和我們在一起，我從來沒見過她有吃零嘴的食慣，和你在一起卻天天吃酸梅，鬧胃痛。如果她是在十二月底中獎，一月中是否剛好就是她體質變化的時期？」

「我會殺了她——我會殺了她——」耿季豪磨著牙，抬起亂蓬蓬的頭來，指著他那尖峭的濃眉：「我們姓耿的眉毛都是這樣的，她瞞不了我的——她瞞不了我的——」

九

短促的寒假趨近了尾聲，學生們陸續地回到華明村，唯一的大街重又熱鬧了起來。打註冊開始，大家私底下都紛紛地在談論著雷姍姍懷孕的猜測。

「哈，」王楓眉飛色舞地說：「姍姍這下子出皮漏了。」

姚京更是振振有辭地說，早在上學期瞧她走路的樣子就看穿她身懷六甲，祇是不講而已。問他是不是聽陶震說的，他一口否認，堅稱完全是他自己一個人推理出來的。

趙飛也是堅稱早就洞悉雷姍姍的陰謀。「老耿他媽的烏龜是當定了，」趙飛這麼說著總會再補充一句：「當然我們還是不希望姍姍真的是有了那個雜種。」

「反正等著看戲就是了，」陶震總在旁邊笑著再湊上一句：「瓜熟自落嗯。」

好像，大家都在企盼著雷姍姍的肚子大起來。蕭文茲卻沉默了，他告訴自己要表現得很有風度的樣子。開學那天陶震找他去一個女校的舞會，蕭文茲也主動邀請了耿季豪和雷姍姍一道去，想不到隔天蕭華珠就氣沖沖地質問蕭文茲怎麼可以背著她去跟別的女孩子跳舞，原來是雷姍姍回去告訴她的。雷姍姍還說陶震從頭到尾儘找一個露背的跳，蕭文茲也是自始至終祇陪一個露胸的，兩個人一整個晚上都跳得眉開眼笑的。

這學期趙飛搬進金宅和楊天行住，耿季豪和雷姍姍搬到了遠遠的前站，姚京說他曾經看到他們一起洗鴛鴦澡，他從他們那棟宿舍浴室門下的小縫瞥到四隻光腳板，一口咬定是耿季豪和雷姍姍。耿季豪再也不跟大家打牌了，好像要跟大家疏遠似的。趙飛發起一次聚餐，說要答謝金先生和金太太上學期給大家的照顧，大夥兒湊錢跟他們擺一桌，想不到祇為了要雷姍姍也同樣地均攤一份錢，耿季豪竟然一口回絕。

「他媽的老耿，」趙飛忿忿地說：「他敢真不來，一腳把他們踢出華明村。」

「一腳踢到太平洋，」陶震也在一旁煽邊鼓：「讓他們想游都游不回來。」

那次聚餐耿季豪果然沒來，大夥兒杯觥交錯盡是責備耿季豪不夠朋友。趙飛先是悲嘆說站在朋友的立場他不是不曾力圖挽救，奈何耿季豪自己執迷不悟，非得要飛蛾撲火，大家都嘆說雷姍姍實在是個禍水。接著趙飛又義憤填膺地說他這回算是陰溝翻船竟然給看走了眼，實在是交友不慎，耿季豪簡直就是他們華明村的羞恥，他們全部男生的臉都叫他一個人給丟光了。最後鄭重地結論以後大家就當不曾認識過這個朋友就是了。

想不到耿季豪卻先開了個舞會，聲明是班級小舞會，外班男孩子一律不准參加，然而雷姍姍卻幾天來天天回蕭華珠她們宿舍，百般遊說要她們整棟樓的女孩子悉數光臨捧場，死拖活拉地把蕭華珠也給哄了去，當然沒請蕭文茲。

那晚趙飛的弟弟來華明村找不到趙飛，楊天行陪他去舞會，竟然也給耿季豪雙雙擋在門外。於是趙飛開始醞釀又一次的大舞會，陶震緊接著在學校逢人便請，特別是耿季豪的同班同學，就只有耿季豪一個人沒有被請到。雖然耿季豪事先就揚言那天剛好要陪雷姍姍回宜蘭，那次舞會後他跟大家正式翻臉了。隔天晚上，蕭文茲和陶震、楊天行在冰店坐，耿季豪和雷姍姍走了進來，雷姍姍一看到他們就站定在門口，耿季豪也立刻高傲地綳起臉，好像沒看到他們似的，忽然他來到他們桌前，一把將桌上的報紙電影廣告版抓了過去，連頭也沒點一下。他沒有朋友了。然而，常能看到他和雷姍姍相挽上街吃飯、買水果，儼然一對小夫妻，或是撐傘漫步絲絲春雨中，眉宇始終舒展著笑容。

一切並沒有太大的改變，不同的是蕭文茲不再能那麼放肆地打牌了。雷姍姍還是沒事就回蕭華珠她們宿舍，每次總是裝出一副好親熱的樣子，跟別的女孩子們關心地問這問那的，而卻把蕭華珠冷撇在一旁，好像沒看到她似的。好一陣子以後忽然發現似地，才又假惺惺地問蕭華珠，蕭文茲怎麼還儘是打牌都沒來看她，說蕭文茲什麼都好，就是一點喜新厭舊喜歡玩弄女孩子，要蕭華珠最好是當心一點，眼睛張亮一點，她說她完全是為了蕭華珠好。耿季豪什麼時候帶雷姍姍到什麼地方玩，都能輾轉傳到蕭文茲耳朵，蕭文茲不能容忍雷姍姍在蕭華珠面前趾高氣昂，耿季豪常陪雷姍姍回宜蘭，有一次蕭文茲也主動說要陪蕭華珠回她們鄉下，不同的是，他不敢到她家，他心虛。連哄帶騙地硬拉她到湖濱別館，那晚他幾乎完全征服她，最緊要的關頭時他勒住了，他不敢。

◆

三月匆匆過去了，雷姍姍的肚子竟然絲毫沒有大起來。漸漸地，大家都不再提起這件事情，好像大家對那些預言不約而同地全都忘光了似的。

「你看人家老耿就能夠說不打牌就不打牌，你為什麼不能跟他一樣？」有一次蕭華珠委曲地向蕭文茲說：「人家都問我怎麼一點都管不住你。」

耿季豪好像變了個人似的，天天都跟雷姍姍一道去上課。蕭文茲他們的牌運卻一天比一天背，雷姍姍每次回蕭華珠她們宿舍，必定貓哭耗子一番大肆渲染他們的慘敗。有一次沒賭本了，陶震要蕭文茲去跟蕭華珠先拿一點。蕭華珠死不借。

「人家老耿都已經開始儲蓄了，你難道真的不打會死？」

「少老耿老耿了，妳認識我的時候我就是這樣，老耿好妳去追老耿好了！」

他發覺他們好像活在兩個完全不同的世界，他借書給她看，不問她感想她就什麼也不會主動說，逼她講她祇會說「還不錯」，問她不錯在哪裡，她什麼也講不出來。

「你怎麼從來都不先問我要看哪一片電影？」

以後，他開始徵詢她的意見。

「那我們看這一部好嗎？」

她搖頭。

他又換了個廣告問她。
她仍舊搖頭。
「那麼妳想看哪一部？」
她想了半天還是想不出來。
「快一點好不好，拜託拜託。」
她終於下了決定：
「隨便。」
她什麼都是隨便，甚至連上飯館點菜也點隨便。只有好看不好看她不能隨便。
「你看我頭髮剪這麼短，是不是一點都不好看？」
他這才愕然發現她新剪的短髮。
「嗯，很好看，非常有好看。」
「何必騙我，不好看就說不好看嘛。」

「好，好，不好看，不好看。」

「真的還是假的？」倏地她睜大了眼睛。

「唉呀，妳這又何必問我呢？好看不好看有個屁用，好看不是女孩子優點的全部，告訴妳，肚子空空才真正叫做不好看。」

有一次陪她上街買鞋子，她從這家店看到那家店，又從那條街逛回這條街，他的腳都快跟斷了她還是沒買成。和她的約會漸漸地變成了一項不得不履行的義務，每次送她回到宿舍，他總是迫不及待地掉頭就走。

「你連一聲晚安都不講？」她拉著他的摩托車把手。

「好了，好了，少國片了，時間不早了！」

「你不要這樣每次都好像很不耐煩的樣子。」

「哦——？那妳的意思是說，每次分手我都應該要一把眼淚一把鼻涕？」

他愈來愈厭煩送她回去，為了這個他們吵了又吵。

她說他有摩托車送人很方便。

「不是方便不方便的問題，台北公車這麼方便，妳以前上台北是怎麼回去的？」

她說路上恐怕會碰到壞人。

「笑話，台灣治安這麼好，妳沒認識我以前就能自己回去，現在怎麼又突然變成不能了？」

「嗯——，秋月她們看到你又沒有送我回去她們會問。」

「哼！就是這點最最最可惡，虛——偽——！虛——偽——！把自己的面子建立在別人的痛苦上。」

她說他太小氣。

「告訴妳，這不是小氣不小氣的問題，這根本就是個不正確的觀念。多的是一些窮學生，為了打腫臉充胖子接送女孩子必須啃一個禮拜的乾饅頭，這又有什麼意義？祇需要一個人花費的時間，非得要拖上另一個人陪妳加倍地浪費，在這分秒必爭的社會，這不是太不科學了嗎？已經是男女平等的時代了，上帝賦予我一天二十四小時，也同樣給妳一天二十四小時，我的時間並不比妳更多，難道說男孩子就非得被榨取得一無所有才能讓女孩子感到有面子？是的，我小氣。不過，妳要曉得，那些吃飽飯沒事幹的男孩子，祇不過是被那些愚蠢腐敗的觀念給蒙蔽住了。我祇不過是比他們敢講，比他們觀念清楚罷了。」

有一次她硬要他送，他憋著一肚子怒火，氣也不吭開著飛快車一路瘋狂地胡亂超車。

他愈來愈暴躁了。有一次他在她們宿舍下面等上十多分鐘，他好像覺得路過的同學都在對他指指點點。

「換衣服？」他不能接受她的解釋。「換衣服哪需要那麼久？讓我像動物園的猴子一樣被參觀，妳很有面子是不是？」

以後的約會幾乎沒有不吵架的。他總能挑得出她的錯處，她永遠辯不過他，他總能提出一連串的理論支持自己的行為。他，永遠是對的。

她要他不要打牌，他說打牌是一種超乎她能理解的藝術。她說那總不能老是逃課，他說上這種課簡直就是在抹殺生命，千辛萬苦趕到學校就祇是為了讓人點名，這種自欺欺人的行為未免太可笑了。她問他難道不怕退學，他說大學不過是個販賣文憑的場所，如果要用這種虛偽的手段來騙取那張毫無意義的文憑，他寧可坦蕩蕩地被退學。她說他祇是會空想，太不腳踏實地了。

「哼！腳——踏——實——地——！什麼叫做腳踏實地？讓人家拖著鼻子安安份份地讀書，漂漂亮亮地考個最光彩的大學，毫無主見地一窩蜂留美出國，錦衣榮歸買賣似地娶個富家千金，為自己揚眉吐氣，為祖宗光耀門楣，妳看這是不是最最腳踏實地？傖俗！虛偽！污濁！腐臭！告訴妳，我要是『腳踏實地』，我現在就不在這裡了。我大表哥娶台亞財團的大小姐，嫁妝兩千萬，我大堂哥娶星華企聯的獨生女，嫁妝三千萬，妳是不是還要我去『腳——踏——實——地——』？」

她垂下了眼睛，沉默了。

◆

四月過去了，雷姍姍的肚子還是依舊沒有大起來。她一天天地出落得豐腴紅潤，蕭華珠卻日漸削瘦蒼白。蕭文茲同時還發現她走路竟然有點外八字，跟她走在一起簡直就是一種羞恥，看到別人帶的女孩子那輕盈高貴的步伐，他幾乎壓抑不了那窩心的絞痛。有一晚他夢到去她家玩，她父親是個跛子，母親瞎了一眼，大大小小的兄弟姊妹都是麻子。

放過我吧！饒了我吧！他無聲地哀號著。

「你會不會有一天不要我了？」有一天她這麼問。

「怎麼？」他聳開眉毛。

「大家都勸我不要太認真，不要付出太多。」她企盼地望著他。

「那——那就不要付出太多。」

「你怎麼能這樣講，跟一個人在一起，要壓抑自己的情感，那太痛苦了。」

他低吟了片刻，說道：

「既然沒辦法壓抑，那乾脆就放開一點，放灑脫一點，能把握多少就把握多少，能把握多久就把握多久。」

「那假如有一天我無法自拔時，你是不是要讓我痛苦終身？」

「痛苦沒有什麼好怕的，人生要是沒有痛苦，人的心智就不會成長，要追求智慧就得樂於接受痛苦，面對痛苦。『腳踏實地』的男孩子滿街都是，妳跟我在一起還是一樣一輩子痛苦的。如果妳怕痛苦，妳就應該當機立斷，長痛不如短痛，時間是可以治癒一切傷口的。我看——我們不如——有一天妳一定會碰到一個妳真正喜歡的人，比我好好幾倍的男孩子的。」

「人家看到我就跑了，」她瞪大眼睛尖聲說：「還有誰會敢要我？」

「跑就讓他跑嘛，這年頭哪一個人婚前沒多少交過男朋友？這種胸襟褊狹的人，觀念這麼陳腐的人，還要他幹嘛？」

「喔，」她噘起鼻子：「那我什麼時候才能碰到像你這種寬宏大量的人，觀念這麼進步的人？」

他答不上來了。難道祇為了第一步走錯我就必須接受一輩子的報應？難道說一旦厭煩了還必須勉強終身廝守？他長嘆了一聲，皺著一邊高一邊低的眉毛問道：

「那妳到底希望我怎樣？」

「你自己應該曉得應該怎樣，你既然開始就那樣，你要對得起你自己的良心。」

那是一張凶惡、苦澀、蒼老的臉。一天夜半，他無意間翻出一張她的相片，那是三月底在湖濱別館拍的，他愕然發現，她那紅潤的蛋臉籠罩著稚嫩的滿足，迷濛的眼眸閃耀著無比的溫馨。

忽然，那個深夜變得出奇地靜寂得怕人。

我沒有虧負她！我沒有虧負她！他內心吶喊著。要把她騙上手簡直就是易如反掌，而他卻始終不願那麼做，難道這也叫做玩弄？難道這還叫做玩弄？

「人生本就如戲，沒有什麼好太認真的，沒什麼好太想不開的，祇要我們在一起能夠增加我們彼此的生命內容，這就夠了，能夠為我們平淡無奇的生命留取一些不平凡的回憶也就值得了。為什麼就非得要有結果？戀愛和結婚本來也就是兩回事，結婚不過是一張買賣契約罷了，何必一定要把自己束縛在那種虛偽的形式上？」

無論他怎麼開導，她都無法接受。他曾經想過索性狠下心腸來個翻臉不認人，不過他做不出來。忽然他想乾脆躲到山上廟裡當和尚算了。或是最好明天就爆發世界大戰。然而他也常想到，到那天，雷姍姍必將極盡惡毒地大肆作弄蕭華珠，他好像能夠看到雷姍姍幸災樂禍的嘴臉。

◆

五月終於也熬過去了。
雷姍姍的肚子還是一點都沒有大起來。

十

兩個月的連輸，大家都差不多了，蕭文茲也是能當的東西都當光了，五月中，他曾經為了一筆賭賬跟趙飛鬧得有點不愉快，之後，祇聽說趙飛他們愈賭愈大，蕭文茲不再上金宅了。有一次趙飛大贏擺一桌請一些經常借錢的同學，沒有請蕭文茲。蕭文茲起先不曉得，那天中午他和陶震、楊天行一起吃飯，陶震始終沒有提起晚上的酒席，楊天行卻問他晚上要不要帶蕭華珠來。蕭文茲莫名其妙，問陶震是怎麼一回事，陶震才支支吾吾地講了出來。

六月初的一天，蕭文茲和陶震、趙飛在街上碰到耿季豪和雷姍姍，想不到趙飛竟然跟耿季豪點頭招呼，同時還停下來講話。蕭文茲讓到一邊，陶震並沒有跟上來，回頭一看，陶震居然也在跟雷姍姍講話。蕭文茲開始憤怒了。

六月中，趙飛和楊天行偷偷從金宅搬了出來。有一次蕭文茲到後站他們新租的房間去找楊天行，金太太正好來討債，楊天行好不容易將她支走，趙飛才從塑膠衣櫃裡鑽了出來。陶震說趙飛還到處欠錢，連他自己都被倒了一筆為數不小的賬。

馬上又要期末考了，一個晚上陶震來蕭文茲家找他，想和他做最後一次的合夥。陶震掏出一張當票，原來他把王楓存放在他那邊的錄音機當掉了，陶震說祇當了那麼一點也是當，當多了也是當，反正已經是騎虎難下了，想再加當去背水一戰。隔天早上蕭文茲陪他去加當，當舖老闆說加當要換票，問陶震要身分證，陶震掏了半天，沒帶來，祇好借蕭文茲的駕駛執照登記。那天他們又輸了，陶震加當的錢，蕭文茲身上的錢，全都輸個精光了，牌局散掉後陶震拉住金太太通宵三缺一打欠賬的，陶震贏了，蕭文茲輸了，到天亮金太太一個籌碼也沒少。

陶震說考試之前要儘快回台中一趟，回家拿錢把王楓的錄音機贖回來。

第一天沒看到他走，第二天他還是沒動身，第三天王楓發現了。她氣虎虎地找上蕭文茲，問他怎麼把她的錄音機當掉，原來陶震推說是他借去當的。蕭文茲辯白說是陶震當的，王楓不信，說當票上明明是他的名字。不由分說劈哩叭啦地罵了開來，說他們這樣做實在太令人灰心了，她真是瞎了眼，會交上他們這種朋友，說她講著講著都要掉眼淚了。接著又開始不停地述說那錄音機是跟她妹妹借的，又還是她父親送她妹妹的生日禮物，同時，她父親和妹妹這幾天就要來華明村看她了。

蕭文茲氣惱地去找陶震，問陶震怎麼賴到他頭上，陶震說這不過是個緩兵計而已，他明天一早就要趕回台中設法。陶震離開那幾天，王楓都在教室外面攔蕭文茲，跟他一再述說同樣的話。還打電話跟他母親告狀，他向母親解釋這不過是個誤會，母親也不相信。期末考前一天陶震才回來，沒帶半毛錢，他要蕭文茲自已想辦法，說他已經是愛莫能助了。

「愛莫能助？」蕭文茲怔住了。「你這是什麼意思？錄音機是你當的咧。」

陶震說錄音機本來也就應該由蕭文茲一個人贖回來，就算把那天贏他的欠賬抵掉。蕭文茲說那天不是講好合夥的，陶震說合夥是白天的事，通宵三缺一當然要算是各打各的，說整個錄音機等於是蕭文茲一個人輸掉的。

蕭文茲半晌說不出話來。

所有的同學都在忙著期末考，蕭文茲決定相應不理。考試的最後第二天，陶震在考場攔他，他拿出預先準備好的半數贖款打算給陶震，陶震仍舊堅持他非得出全數不可。蕭文茲收起錢掉頭就走。晚上，他接到陶震的限時信，先是說總歸是朋友一場，首先他還是以好朋友的立場相勸，希望蕭文茲能再要求家裡幫他這一次，以他家的經濟情況來說，這點應該是不難做到的。否則，他也要不顧一切了，說錄音機是蕭文茲當的，當票上明明是他的名字，再不如數付清就要告他詐欺。最後又通告他明晚八點整到冰店把事情解決。

學期最末一天了。蕭文茲考完最後一個科目，蕭華珠在考場外面等他，一見面就鄙夷地責問他怎麼會做出這種丟人的事。他跟她說明真相，想不到竟連她也不信，講了又講，她不信就是不信。

「妳信我的話還是信陶震的話？我是什麼樣子的人，妳難道還看不出來？」

「你是什麼樣子的人？」她不屑地尖聲說：「你自己做得讓人家沒辦法相信。」

「好，很好，」他緊抿著細薄的雙唇冷冷地點點頭。「我晚上再跟妳解釋。」

他決定了。他下了一個決定要了斷一件事情。他當了最後僅剩的摩托車，帶著陶震的信回到華明村。已經是夜幕低垂了，陰沈沈的天邊烏雲瀰漫著，夏日的晚風夾著雨絲飄飛著，街上祇能看到三兩位提著大大小小行李的學生，往日熱鬧的街頭頓時稀落了。他先把蕭華珠找到冰店，要他先看陶震的信，又去把陶震請來。蕭文茲作勢要他坐下，掏出一疊鈔票，一張張地數過，對陶震說：

「回答我幾個問題，照實回答，否則——」他把錢握進拳頭。「錄音機是你當的還是我當的？」

陶震沒有講話。

「錄音機是你當的，是不是？」

陶震還是沒有反應。

「好了，好了，免了。」蕭文茲將那卷鈔票擲上桌面，推開椅子站了起來，轉向蕭華珠冷冷地說：「這樣妳滿意了吧？再見。」

他掉頭走出冰店，蕭華珠好像在背後輕叫了他一聲，他沒有回頭，加緊腳步走向空無一人的站亭，空蕩的街尾沒有來車的影子，蕭華珠已追出冰店，他沒有停步，繼續向前走，狠著心直著脖子快步向前走。灰茫茫的天空飄起了細雨，縱橫交加地斜灑在他臉上，匯成一條條水流密密麻麻地爬了滿臉，慘白的路燈罩了下來，映著翻飛的雨點淒迷地閃爍著，忽地一陣勁風吹來，燈桿下的一堆垃圾吹起了四散紛飛的紙屑，隨著他疾走的腳步，一球紙團在淒清的路邊孤零零地翻著、滾著。

——完

人物表

主角

一、蕭文茲：第一男主角。
二、雷姍姍：第一女主角。蕭文茲舊日短暫的女朋友。
三、蕭華珠：第二女主角。雷姍姍的室友，後來成為蕭文茲的女朋友。
四、陶震：第二男主角。蕭文茲最親密的朋友，終日沉迷麻將。
五、耿季豪（老耿）：第三男主角。陶震的室友。後來成為雷姍姍的男朋友。

配角

六、楊天行（小楊）：男配角。陶震、耿季豪的室友。

七、趙飛（趙胖）：男配角。幾次全校同學大舞會的發起人。

八、姚京（妖精）：男配角。在舞會門口幫忙收票。

九、王楓：女配角。常幫陶震找女孩子來舞會。

十、毛大偉（大毛）：男配角。雷姍姍的前男朋友。

背景人物

十一、金太太：陶震、耿季豪和楊天行的房東太太。好打麻將。

十二、僑生：雷姍姍的另一前男朋友。

十三、冬瓜：學校的男教官。

國家圖書館出版品預行編目

垃圾堆 / Frank 林著. -- 臺北市 : Frank 林,
2017.10
面； 公分
ISBN 978-957-43-4960-9(平裝)

857.7　　106016780

垃圾堆

作　　者　Frank 林
出版策劃　Frank 林
製作銷售　秀威資訊科技股份有限公司
114 台北市內湖區瑞光路76巷69號2樓
電話：+886-2-2796-3638
傳真：+886-2-2796-1377
網路訂購　秀威書店：http://store.showwe.tw
博客來網路書店：http://www.books.com.tw
三民網路書店：http://www.m.sanmin.com.tw
金石堂網路書店：http://www.kingstone.com.tw
讀冊生活：http://www.taaze.tw

出版日期：2017年10月
定　　價：180元